Monika Bartels

Für
meine
Kinder,
Enkelkinder
und
Urenkel

Klaudia Diekmann, Jahrgang 1948, hat nach einem Studium der Anglistik und Romanistik dreißig Jahre als Gymnasiallehrerin gearbeitet und drei Söhne großgezogen. Sie wohnt heute als freie Schriftstellerin mit ihrem Mann, dem Jüngsten, einem Hund und einem Kater in Seevetal bei Hamburg.

WELCHES MÄRCHEN IST DAS?

Ein
Märchenquiz

von

Klaudia Diekmann

Idee und Text: Klaudia Diekmann

E-Book bei Amazon Kindle
Print-Book bei CreateSpace
ISBN 978-1496080509

MÄRCHENBALLADEN VON KLAUDIA DIEKMANN

Welches Kind kennt unsere Märchen nicht! Wenn wir klein sind, werden sie uns von den Großeltern aus einem alten Märchenbuch vorgelesen. Oder wir bekommen Märchenkassetten oder CDs geschenkt, die wir uns nach Lust und Laune anhören können. Und dann gibt es auch noch die neuen und alten Märchenfilme, die uns immer wieder faszinieren.
Aber als Balladen sind euch Märchen wohl noch nicht begegnet.
Oder?

Klaudia Diekmann hat mittlerweile 30 der bekanntesten Märchen der Gebrüder Grimm in Reimen nacherzählt. Sie sind zwischen 40 und 120 Strophen lang. Aus ihren Büchern hat sie hier ein Märchenquiz in 4 Schwierigkeitsstufen für Große und Kleine zusammengestellt.

Viel Spaß beim Raten

VORSCHLÄGE ZUM RATEN UND SPIELEN

1. Wenn ihr **allein** raten wollt, dann fangt mit dem schwersten Grad an und arbeitet euch durch die nächsten Grade, bis ihr die Lösung habt.
2. Vielleicht seid ihr aber auch eine **Gruppe,** und es gibt einen Vorleser, der euch die jeweils vier Strophen jedes Märchens, mit entsprechenden Pausen zum Raten, vorlesen kann. Am Ende des Buches findet ihr dazu eine Übersicht der einzelnen Märchen.
3. Vielleicht findet ihr auch ein Märchen dabei, das ihr gar nicht kennt, und ihr habt Lust, es ganz zu lesen, entweder als Ballade oder das Original.
4. Anschließend könntet ihr dazu Bilder malen. Oder ihr erfindet eine Melodie und singt die Strophen. Das geht gut!
   Oder ihr macht ein Stück daraus und führt es irgendwo auf.
   Oder ihr bastelt Märchenfiguren für euer Kasperletheater.
   Oder, oder, oder…
   Es gibt verschiedene Möglichkeiten, sich mit Märchen zu befassen, euch fallen bestimmt noch viele andere ein.

   Viel Freude dabei!

WELCHES MÄRCHEN IST DAS?

Schwierigkeitsgrad: schwer (a)

1

Der König, der es kaum vernommen,
dacht gleich an seinen letzten Schwur
und ließ den Bettler zu sich kommen
und sagte kurz und bündig nur:

2

Da tobte sie in ihrem Zimmer
und starb vor Eifersucht beinah.
Mit jedem Jahr wurd es noch schlimmer,
wenn sie das schöne Mädchen sah.

3

Mit Vorsicht kam er näher dann
und rieb sich seine schwarzen Tatzen
und fing ganz laut zu brummen an
und an der Eingangstür zu kratzen.

4

Vier Männer musste sie ernähren
mit ihrem guten, weißen Saft,
so ließ man sie auch gern gewähren,
war sie mal wieder launenhaft.

5

Entmutigt setzten sie sich nieder
und machten eine lange Rast,
dann übten sie das Liedchen wieder,
und endlich konnten sie es fast.

6
„Mein Gold und Silber und Juwelen
befinden sich ganz tief im Moor,
das alles werden sie mir stehlen,
komm ich den Dieben nicht zuvor!“

7
Der Reiter hat dies mitbekommen
und rief ihm zu nach einem Gruß:
„Wieso hast du kein Pferd genommen?
Wieso läufst du denn hier zu Fuß?“

8
Und schon nach einem Ehejahr
ließ er wohl tausend Glocken läuten,
denn da bekam das Königspaar
ein Kind, auf das sich alle freuten!

9
Als sie mal war allein im Bade,
erschien ein Frosch und quakte da:
„Der Herrgott schenkt in seiner Gnade
Euch bald ein Kind!“ Und dies geschah.

10
Und in der heißen Mittagssonne
betrachtete das Kind den Strauß
und jauchzte laut vor Lust und Wonne,
er sah so bunt und herrlich aus.

11

Da rief die Kröte eine Kleine:
„Ach, hutzel hin und hutzel her,
nun mach sofort dich auf die Beine,
bring mir die alte Schachtel her!"

12

Sie liefen über Tisch und Bänke,
zu jeder Nacht- und Tageszeit,
sie überfielen Küchenschränke
und machten sich in Betten breit.

13

Die Kleine musst das Häuschen putzen,
vom Keller unten bis zum Dach,
die Küche, Stube und die Butzen,
war sie auch müde schon und schwach.

14

Und tief in seiner Wandertasche
erholte sich das Spätzchen schnell.
Ein Schluck noch aus der Wasserflasche,
und weiter walzte der Gesell!

15

So ging es schon fast vierzehn Tage,
da saß er einsam, saß und saß
und wartete ganz ohne Klage
und voll Geduld auf irgendwas.

16
Das war so bös und furchterregend,
so wagte keiner sich dahin,
es wussten alle in der Gegend
vom Gift der bösen Zauberin.

17
Da wanderten sie viele Stunden
bei Sonnenschein und Sturmgebraus,
die Heimat war schon bald entschwunden,
und weit war weg ihr Vaterhaus.

18
Ein Vater hatte einst drei Jungen,
sie sahen groß und tüchtig aus,
doch wohnten alle notgedrungen
bei ihm in seinem alten Haus.

19
Und wie der Buchweizen schön blühte
mit seinem lieblich herben Duft!
Und wie die Sonne golden glühte
und wärmte die Septemberluft!

20
Die Mutter wollt nichts mehr erklären,
denn ihre Lüge wog zu schwer,
sie ließ die Königin gewähren
und gab die faule Tochter her.

21

Dann stand der Jüngling auf der Weide,
so vornehm, edel und so prächtig,
schön angetan in Samt und Seide,
er fühlte sich ganz stolz und mächtig!

22

Da starrte sie ins schwarze Nass,
und sie durchfuhr ein wilder Schrecken,
und ihre Wangen wurden blass,
denn unten konnt sie nichts entdecken.

23

Und diese neue Gattin brachte
zwei Mädchen in den Haushalt mit,
sein Töchterchen, wie er sich dachte,
würd sicher froher sein zu dritt.

24

Am Mittag kam ein Vögelein,
und tirilierte schöne Lieder
und flog dann in die Welt hinein
und setzte auf ein Haus sich nieder.

25

„Würd ich dir meinen Kuchen geben
und gäbe ich dir meinen Wein,
hätt ich dann nichts für Leib und Leben,
da müsst ich dumm und töricht sein!“

26

Der Mann ging fort, und treuergeben
verstreute er, wohin er trat,
die Hirse und markierte eben
auf diese Weise seinen Pfad.

27

Die Mutter war schon längst verschieden,
und auch der Vater war jetzt tot,
sie ruhten beide wohl in Frieden,
doch sie war nun in großer Not.

28

Denn kam ein Mensch rund hundert Schritte
dem unheimlichen Schloss zu nah,
erstarrten gleichsam seine Tritte,
und er stand unbeweglich da.

WELCHES MÄRCHEN IST DAS?

Schwierigkeitsgrad: mittel (b)

1

Dort bot sie feil die Töpferwaren
und hatte damit sehr viel Glück,
die Leute kamen an in Scharen,
und sie verkaufte jedes Stück.

2

Dann wollte sie sich niederlegen
und prüfte jede Lagerstatt,
in keiner konnt sie sich bewegen,
doch sie war müde, schwach und matt.

3

Er wusste endlich, es war dumm,
mit schwarzen Pfoten zu erscheinen,
nein, er musst weiß sein obenrum,
zumindest an den Vorderbeinen.

4

Inzwischen hatte er erfahren,
dass man die Brüder im Quartier,
in dem sie abgestiegen waren,
bestohlen hatte voller Gier.

5

Am nächsten Hoftor lag ein Kater,
und dieser miaute zag und zart,
ganz traurig und verzweifelt tat er
und putzte seinen weißen Bart.

6

Zwei Mädchen waren dort zu Hause,
eins war sehr sittsam, lieb und gut
und half im Haushalt ohne Pause,
wie‘s halt ein braves Mädchen tut.

7

Nur mühsam kam er auf die Beine,
ein Bauer sah ihm dabei zu,
der führte doch an einer Leine
geduldig eine dicke Kuh.

8

Das Werk war endlich dann vollbracht,
das Gold lag bis zur Deckenleiste
nach dieser dritten Arbeitsnacht,
und alles glänzte hell und gleißte.

9

Die Neugier wurde immer stärker
und trieb sie höher noch empor.
Ganz oben fand in einem Erker
sie halb versteckt ein Türchen vor.

10

Drauf legte er ins Bett sich nieder,
band sich die Haube auf das Haar
und zog sich an ihr altes Mieder
und fühlte sich ganz wunderbar!

11

Die Brüder hatten angenommen,
der Jüngste hätte nichts erreicht,
er wäre nicht sehr weit gekommen,
so machten sie sich's allzu leicht.

12

Da kam doch durch die Fischerpforten
an der Forellenräucherei
ein Kerl in einem Wams mit Borten
und einem roten Hut vorbei.

13

„Ach, lass uns hier doch nicht verkohlen,
wir sind schon kross und innen gar,
du musst uns aus dem Ofen holen,
jetzt schmecken wir doch wunderbar!"

14

„Kauft meine frische Marmelade,
herbei, herbei, ihr guten Leut,
auch Zwetschgenmus verkauf ich grade,
nie war es leckerer als heut!"

15

„Ja, du bist wirklich zu bescheiden,
dies Häuschen ist doch viel zu klein,
das alles kann ich nicht mehr leiden,
ich wollt, ein Schlösschen wäre mein!"

16

Der Arme tat, wie ihm befohlen.
Und als sein Weib an Wehen litt,
erschien die Hex auf leisen Sohlen
und nahm das kleine Mädchen mit.

17

Und wieder fand er eine Quelle,
die frisch und silberblinkend rann,
und wollte glücklich auf der Stelle
sich laben und erfrischen dran.

18

„Doch der nur wird mein Haus bekommen,
der mir ein Kunststück hier vollbringt!
Jetzt habt ihr meinen Wunsch vernommen!
Ich hoffe, dass es euch gelingt!

19

Jetzt hörst du, was dort einst geschehen,
im Norden, bei dem Alten Land,
warum die Stadt, du wirst es sehen,
zu Recht berühmt ist und bekannt.

20

Drei Kammern sind hier vollgeschichtet,
doch mit Geschick und Lust und Fleiß
hast du die Arbeit bald verrichtet,
und du erhältst dann deinen Preis.

21
Und dieser Hexer, der dort hauste,
war immer voller List und Tücke,
so dass es allen Leuten grauste
vor einem seiner Zauberstücke!

22
„Prinzessin, liebe, ich bin hier!
Hast du mich etwa ganz vergessen?
Ab jetzt darf ich doch stets bei dir
im Schlosse sein und mit dir essen!“

23
Und wollt sie abends endlich schlafen,
am Ofen, in dem Aschefach,
warf Mutter, um sie zu bestrafen,
zwei Eimer Linsen ihr noch nach.

24
Hier lebten in dem Holzverhau,
in einem winzig kleinen Stübchen,
ein Köhler mit der zweiten Frau,
sein kleines Mädchen und sein Bübchen.

25
Der Dummling schritt ganz ohne Sorgen
auf seinem Wege schnell voran
und traf an diesem schönen Morgen
auf einen armen, alten Mann.

26

Die Tiere aber blieben ruhen,
ganz hungrig noch, auf ihrer Streu,
mit leisem Gackern nur und Muhen
verlangten sie nach Korn und Heu.

27

Und ihre allerletzte Habe
war das, was sie noch trug am Leib,
und ein Stück Brot, das sie als Gabe
bekam von einem guten Weib.

28

Es waren an die siebentausend,
die diese Hexe schon besaß,
in engen Käfigkörben hausend,
statt frei zu hüpfen durch das Gras.

WELCHES MÄRCHEN IST DAS?

Schwierigkeitsgrad: leicht (c)

1

Und eines Tages kamen sieben
zu diesem königlichen Thron,
doch statt sich endlich zu verlieben,
versprühte sie nur Spott und Hohn.

2

Mit Augen, funkelnd wie zwei Sterne,
und Haaren, schwarz wie Ebenholz,
ja, so ein Mädchen hätt ich gerne,
sie wäre, ach, mein ganzer Stolz!“

3

Die Geißlein waren gern allein,
da konnten sie mal richtig tollen
und mussten nicht nur artig sein,
wie kleine Kinder es stets sollen.

4

„Geiß, hast du schönes Gras gefunden“,
frug Vater dann, „bist du auch satt?“
„Mäh, meine Füße sind zerschunden,
mäh, fressen konnte ich kein Blatt!“

5

Sie eilten froh zu dem Gebäude,
das ihre letzte Zuflucht war.
Wie schnell verging jedoch die Freude
beim Anblick einer Räuberschar!

6

Der Bär musst sich nach draußen drängen,
so traurig war das Schwesternpaar,
ein Fellstück blieb am Holztor hängen,
darunter glänzte Gold im Haar.

7

Da sah er einen Scherenschleifer,
der grade ein paar Messer schliff,
er werkelte mit großem Eifer,
wobei er sich ein Liedchen pfiff:

8

„Ach, schnurre, schnurre, flinkes Rad,
ach, schnurre, schnurre, flinkes Rädchen,
spinn Stroh, genau und akkurat,
spinn Gold für dieses schöne Mädchen!“

9

Sie schloss sofort die Augenlider,
ihr Atem wurde müd und matt,
dann legte sie sich kraftlos nieder
auf eine weiche Lagerstatt.

10

„Ach, Oma, Oma, Liebe, Gute,
wie sind doch deine Augen groß!
Mir ist so angst und bang zumute,
mein Gott, was machst du damit bloß?“

11
Vorüber waren alle Nöte,
der Dummling hatte wieder Glück,
und das verdankte er der Kröte!
Vergnügt kam er nach Haus zurück.

12
Und dieser fremde Flötenpfeifer,
der bunt gescheckte Wandersmann,
bot da sogleich mit großem Eifer
dem Stadtrat seine Hilfe an.

13
So schüttelte sie gleich beflissen,
mit Augenmaß und mit Bedacht
und großer Lust die weichen Kissen
zu einer weißen Winterpracht!

14
Zwar konnte er nur ängstlich beben
bei jedem gnadenlosen Stoß,
doch blieb er still und so am Leben.
Der Riese war ganz ahnungslos.

15
Da ging der Fischer voller Bangen
und voller Zweifel an das Meer,
der Wunsch der Frau und ihr Verlangen
behagten diesem Mann nicht sehr.

16
Drauf öffnete die Fensterriegel
das Mädchen, und ihr Lockenhaar
sank golden über Mauerziegel,
bis es dann endlich unten war.

17
Und gleich wurd aus dem armen Kleinen
ein zartes, scheues, braunes Reh,
da fing die Schwester an zu weinen
und jammerte: „Oh Leid, oh Weh!“

18
Ein jeder fand sich eine Stelle
auf dem gewünschten Fachgebiet
und wurd ein fähiger Geselle,
beim Fechter, beim Barbier und Schmied.

19
Da kam der Hase ihm entgegen,
ein großes, arrogantes Tier,
das fühlte sich ihm überlegen,
war’s doch das größte im Revier.

20
Entmutigt blickte sie durchs Fenster
und sah drei Weiber nah am Haus,
sie waren hässlich wie Gespenster,
dass es sie schüttelte vor Graus.

21

So wollt er gleich mit diesem Armen
zum alten Kürschner sich begeben
und ihm den Kater ohn Erbarmen
als Tierbalg überlassen eben.

22

Sie griff nach ihm mit bloßer Hand,
trotz Ekel und trotz Unbehagen,
und warf ihn heftig an die Wand,
um so ihn endlich totzuschlagen.

23

Dann kamen noch die Turteltauben
und viele andre Vögelein,
und eins, zwei, drei, ihr könnt‘s mir glauben,
da fanden sich wohl hundert ein.

24

Das kleine Haus war aus Lakritz,
aus Bonbons und aus Schokolade,
der Giebel war sehr hoch und spitz,
geklebt mit Himbeermarmelade.

25

In Gold erstrahlte jede Feder,
vom Kopf hinunter bis zum Bein!
So etwas findet ja nicht jeder,
da muss man wohl ein Dummling sein!

26

Da sprach der alte Mann: „Schön Hähnchen,
schön Hühnchen und du schöne Kuh,
die ihr da liegt auf Hobelspänchen,
was sagt ihr Tierchen denn dazu?“

27

So schenkte sie im tiefen Haine
ihr letztes Hemd dem armen Kind,
und nackt und bloß stand jetzt die Kleine
im Dunkeln und im kalten Wind.

28

Er träumte einmal mitternächtig,
er fänd ein rotes Blümlein gar,
in dessen Mitte schön und prächtig
und glänzend eine Perle war.

WELCHES MÄRCHEN IST DAS?

Schwierigkeitsgrad: superleicht (d)

1

„So wie beim Faun aus einer Fabel
ist Euer Kinn, verkrümmt und hart,
genauso wie ein Drosselschnabel,
drum taufe ich Euch: **Drosselbart**!“

2

Und schließlich war **Schneewittchen** sieben
und strahlte wie der helle Tag
und war so gut und rein geblieben,
dass da die Königin erschrak.

3

Dann gingen sie ins Haus hinein,
und sicher hinter Fensterscheiben,
verfolgten unsre **Zickelein**
des **bösen Wolfes** letztes Treiben.

4

„In diesem Tischlein liegt ein Zauber,
denn sagst du nur das rechte Wort,
dann macht das **Tischlein** sich schön sauber
und deckt sich festlich ein sofort.“

5

Nun, diese Bremer Musikanten
sah nie ein Mensch in diesem Ort,
da sie sich aber **BREMER** nannten,
gibt es ein Denkmal für sie dort.

6

Das junge Mädel hieß **Schneeweißchen**
und ihre Schwester **Rosenrot,**
und diese war ein Naseweischen,
hielt selten sich an ein Gebot.

7

„Ach, Gott wird dir die Tat vergelten,
ich bin des Glückes liebstes Kind“,
so rief **Hans** aus, „das **Glück** ist selten,
doch mir ist es stets wohlgesinnt!“

8

Wie gut, dass niemand es hier weiß‘,
so hörte ich den Zwerg noch brüllen,
‚dass ich doch **RUMPELSTILZCHEN** heiß!‘
Nun wird sein Wunsch sich nicht erfüllen!“

9

Gestickte Rosen auf dem Kleide,
ein Kranz von Rosen in dem Haar,
das golden glitzerte wie Seide!
Ob das hier wohl **Dornröschen** war?

10

Da sprang, als Erste an der Reihe,
das **Rotkäppchen** heraus, gesund,
auch Oma stieg ganz heil ins Freie
aus diesem tiefen Raubtierschlund.

11

Nach Osten flog die **erste Feder,**
die **zweite Feder** flog nach West,
die **dritte** aber, das sah jeder,
hing bald am Schloss am Wegrand fest.

12

Nun, sicher kennt wohl jeder Leser,
der Märchen und der Sagen liest,
auch die von **Hameln** an der Weser,
dem schönen Fluss, der es durchfließt.

13

Frau Holle sprach: „Hier, nimm die Daunen
und lass sie tanzen mit dem Wind,
denn alle Menschen sollen staunen,
wenn unsre Schneezeit nun beginnt.

14

Der **tapf're Schneider** blieb im Schlosse,
erklomm dann später gar den Thron,
der wunderliche Zeitgenosse.
Ja, listig war der Schneider schon!

15

„Ach, Mantje, Mantje, Timpe Te,
ach, Buttje, Buttje in der See,
ach, mine Fru, de Ilsebill,
die will nich so, as ik wol will!“

16
Der Vater hatte unvorsichtig
sie für Rapunzeln doch verkauft,
Rapunzel wurd sie folgerichtig
von ihrer Ziehmutter getauft.

17
Und eines Tags, beim Schweinetreiben,
sprach **Brüderchen** zum **Schwesterlein**:
„Hier sollten wir nicht länger bleiben,
hier ist nur Not jahraus, jahrein.“

18
Die **Brüder** waren einverstanden,
sie blieben aber wohnen dort,
sie meinten, es war Platz vorhanden
für alle **drei** an diesem Ort.

19
Der Hase raste immer weiter,
stets hörte doch das arme Tier
den **Igel** rufen, frisch und heiter:
„Ach armer Hase, bin schon hier!“

20
Da sprach zur Braut der Prinz mit Grauen:
„Ans **Spinnrad** setzt du dich nie mehr,
du schönste aller schönen Frauen,
fällt der Verzicht dir noch so schwer!“

21

Er ging zum Schustereibesitzer,
um rote **Stiefel** dort kaufen.
Und schon konnt unser **Kater**flitzer
so schnell wie tausend Wiesel laufen!

22

Der Königstochter wurd es bang.
Was war sie stolz und ichbezogen
und hatte voller Überschwang
den armen **Frosch** bewusst betrogen!

23

So sprach die Frau mit Händeringen,
der Königssohn jedoch befahl,
dies **Aschenputtel** gleich zu bringen,
die Kleidung sei ihm ganz egal.

24

Und nun verlor sie keine Zeit,
die **Gretel** nahm sogleich den Hammer,
und **Hänsel** war im Nu befreit
aus seiner engen Folterkammer.

25

„Da, seht nur, der verrückte Junge
mit seiner **Goldgans** in dem Arm!
Er setzt grad an zu einem Sprunge,
und schon folgt ihm der ganze Schwarm!“

26
„Verhext war ich, allein zu leben
in einem kleinen **Haus im Wald,**
nur die drei Diener, treu ergeben,
verblieben mir in Tiergestalt.“

27
Und als die **Sterne** dann am Ende
als **Taler** sanken sanft auf sie,
da öffnete sie Herz und Hände
und fiel glückselig auf die Knie.

28
Und unter einer schönen Linde,
direkt am Schloss beim Festungswall,
sah jäh **Joringel**, wie **Jorinde**
sich wandelte zur Nachtigall.

AUFLÖSUNG:

1
KÖNIG DROSSELBART
2
SCHNEEWITTCHEN
3
DER WOLF UND DIE SIEBEN GEIßLEIN
4
TISCHLEINDECKDICH
5
DIE BREMER STADTMUSIKANTEN
6
SCHNEEWEIßCHEN UND ROSENROT
7
HANS IM GLÜCK
8
RUMPELSTILZCHEN
9
DORNRÖSCHEN
10
ROTKÄPPCHEN
11
DIE DREI FEDERN
12
DER RATTENFÄNGER VON HAMELN
13
FRAU HOLLE
14
DAS TAPFERE SCHNEIDERLEIN

15

DER FISCHER UND SEINE FRAU

16

RAPUNZEL

17

BRÜDERCHEN UND SCHWESTERCHEN

18

DIE DREI BRÜDER

19

DER HASE UND DER IGEL

20

DIE DREI SPINNERINNEN

21

DER GESTIEFELTE KATER

22

DER FROSCHKÖNIG

23

ASCHENPUTTEL

24

HÄNSEL UND GRETEL

25

DIE GOLDENE GANS

26

DAS WALDHAUS

27

STERNTALER

28

JORINDE UND JORINGEL

WELCHES MÄRCHEN IST DAS?

Rätsel in 4 Strophen
(von schwer bis superleicht)

1 KÖNIG DROSSELBART

a
Der König, der es kaum vernommen,
dacht gleich an seinen letzten Schwur
und ließ den Bettler zu sich kommen
und sagte kurz und bündig nur:

b
Dort bot sie feil die Töpferwaren
und hatte damit sehr viel Glück,
die Leute kamen an in Scharen,
und sie verkaufte jedes Stück.

c
Und eines Tages kamen sieben
zu diesem königlichen Thron,
doch statt sich endlich zu verlieben,
versprühte sie nur Spott und Hohn.

d
„So wie beim Faun aus einer Fabel
ist Euer Kinn, verkrümmt und hart,
genauso wie ein Drosselschnabel,
drum taufe ich Euch: **Drosselbart**!“

2 SCHNEEWITTCHEN

a
Da tobte sie in ihrem Zimmer
und starb vor Eifersucht beinah.
Mit jedem Jahr wurd es noch schlimmer,
wenn sie das schöne Mädchen sah.

b
Dann wollte sie sich niederlegen
und prüfte jede Lagerstatt,
in keiner konnt sie sich bewegen,
doch sie war müde, schwach und matt.

c
„Mit Augen, funkelnd wie zwei Sterne,
und Haaren, schwarz wie Ebenholz,
ja, so ein Mädchen hätt ich gerne,
sie wäre, ach, mein ganzer Stolz!“

d
Und schließlich war **Schneewittchen**
sieben
und strahlte wie der helle Tag
und war so gut und rein geblieben,
dass da die Königin erschrak.

3 DER WOLF UND DIE SIEBEN GEIßLEIN

a
Mit Vorsicht kam er näher dann
und rieb sich seine schwarzen Tatzen
und fing ganz laut zu brummen an
und an der Eingangstür zu kratzen.

b
Er wusste endlich, es war dumm,
mit schwarzen Pfoten zu erscheinen,
nein, er musst weiß sein obenrum,
zumindest an den Vorderbeinen.

c
Die Geißlein waren gern allein,
da konnten sie mal richtig tollen
und mussten nicht nur artig sein,
wie kleine Kinder es stets sollen.

d
Dann gingen sie ins Haus hinein,
und sicher hinter Fensterscheiben,
verfolgten unsre **Zickelein**
des **bösen Wolfes** letztes Treiben.

4 TISCHLEINDECKDICH

a
Vier Männer musste sie ernähren
mit ihrem guten, weißen Saft,
so ließ man sie auch gern gewähren,
war sie mal wieder launenhaft.

b
Inzwischen hatte er erfahren,
dass man die Brüder im Quartier,
in dem sie abgestiegen waren,
bestohlen hatte voller Gier.

c
„Geiß, hast du schönes Gras gefunden",
frug Vater dann, „bist du auch satt?"
„Mäh, meine Füße sind zerschunden,
mäh, fressen konnte ich kein Blatt!"

d
„In diesem Tischlein liegt ein Zauber,
denn sagst du nur das rechte Wort,
dann macht das **Tischlein** sich schön sauber
und **deckt** sich festlich ein sofort."

5 DIE BREMER STADTMUSIKANTEN

a
Entmutigt setzten sie sich nieder
und machten eine lange Rast,
dann übten sie das Liedchen wieder,
und endlich konnten sie es fast.

b
Am nächsten Hoftor lag ein Kater,
und dieser miaute zag und zart,
ganz traurig und verzweifelt tat er
und putzte seinen weißen Bart.

c
Sie eilten froh zu dem Gebäude,
das ihre letzte Zuflucht war.
Wie schnell verging jedoch die Freude
beim Anblick einer Räuberschar!

d
Nun, diese Bremer Musikanten
sah nie ein Mensch in diesem Ort,
da sie sich aber **BREMER** nannten,
gibt es ein Denkmal für sie dort.

6 SCHEEWEIßCHEN UND ROSENROT

a

Mein Gold und Silber und Juwelen
befinden sich ganz tief im Moor,
das alles werden sie mir stehlen,
komm ich den Dieben nicht zuvor.

b

Zwei Mädchen waren dort zu Hause,
eins war sehr sittsam, lieb und gut
und half im Haushalt ohne Pause,
wie's halt ein braves Mädchen tut.

c

Der Bär musst sich nach draußen drängen,
so traurig war das Schwesternpaar,
ein Fellstück blieb am Holztor hängen,
darunter glänzte Gold im Haar.

d

Das junge Mädel hieß **Schneeweißchen**
und ihre Schwester **Rosenrot,**
und diese war ein Naseweischen,
hielt selten sich an ein Gebot.

7 HANS IM GLÜCK

a
Der Reiter hat dies mitbekommen
und rief ihm zu nach einem Gruß:
„Wieso hast du kein Pferd genommen?
Wieso läufst du denn hier zu Fuß?“

b
Nur mühsam kam er auf die Beine,
ein Bauer sah ihm dabei zu,
der führte doch an einer Leine
geduldig eine dicke Kuh.

c
Da sah er einen Scherenschleifer,
der grade ein paar Messer schliff,
er werkelte mit großem Eifer,
wobei er sich ein Liedchen pfiff:

d
„Ach, Gott wird dir die Tat vergelten,
ich bin des Glückes liebstes Kind“,
so rief **Hans** aus, „das **Glück** ist selten,
doch mir ist es stets wohlgesinnt!“

8 RUMPELSTILZCHEN

a
Und schon nach einem Ehejahr
ließ er wohl tausend Glocken läuten,
denn da bekam das Königspaar
ein Kind, auf das sich alle freuten!

b
Das Werk war endlich dann vollbracht,
das Gold lag bis zur Deckenleiste
nach dieser dritten Arbeitsnacht,
und alles glänzte hell und gleißte.

c
„Ach, schnurre, schnurre, flinkes Rad,
ach, schnurre, schnurre, flinkes Rädchen,
spinn Stroh, genau und akkurat,
spinn Gold für dieses schöne Mädchen!“

d
Wie gut, dass niemand es hier weiß‘,
so hörte ich den Zwerg noch brüllen,
‚dass ich doch **RUMPELSTILZCHEN**
heiß!‘
Nun wird sein Wunsch sich nicht
erfüllen!“

9 DORNRÖSCHEN

a
Als sie mal war allein im Bade,
erschien ein Frosch und quakte da:
„Der Herrgott schenkt in seiner Gnade
Euch bald ein Kind!“ Und dies geschah.

b
Die Neugier wurde immer stärker
und trieb sie höher noch empor.
Ganz oben fand in einem Erker
sie halb versteckt ein Türchen vor.

c
Sie schloss sofort die Augenlider,
ihr Atem wurde müd und matt,
dann legte sie sich kraftlos nieder
auf eine weiche Lagerstatt.

d
Gestickte Rosen auf dem Kleide,
ein Kranz von Rosen in dem Haar,
das golden glitzerte wie Seide!
Ob das hier wohl **Dornröschen** war?

10 ROTKÄPPCHEN

a

Und in der heißen Mittagssonne
betrachtete das Kind den Strauß
und jauchzte laut vor Lust und Wonne,
er sah so bunt und herrlich aus.

b

Drauf legte er ins Bett sich nieder,
band sich die Haube auf das Haar
und zog sich an ihr altes Mieder
und fühlte sich ganz wunderbar!

c

„Ach, Oma, Oma, Liebe, Gute,
wie sind doch deine Augen groß!
Mir ist so angst und bang zumute,
mein Gott, was machst du damit bloß?“

d

Da sprang, als Erste an der Reihe,
das **Rotkäppchen** heraus, gesund,
auch Oma stieg ganz heil ins Freie
aus diesem tiefen Raubtierschlund.

11 DIE DREI FEDERN

a
Da rief die Kröte eine Kleine:
„Ach, hutzel hin und hutzel her,
nun mach sofort dich auf die Beine,
bring mir die alte Schachtel her!“

b
Die Brüder hatten angenommen,
der Jüngste hätte nichts erreicht,
er wäre nicht sehr weit gekommen,
so machten sie sich‘s allzu leicht.

c
Vorüber waren alle Nöte,
der Dummling hatte wieder Glück,
und das verdankte er der Kröte!
Vergnügt kam er nach Haus zurück.

d
Nach Osten flog die **erste Feder**,
die **zweite Feder** flog nach West,
die **dritte** aber, das sah jeder,
hing bald am Schloss am Wegrand fest.

12 DER RATTENFÄNGER VON HAMELN

a

Sie liefen über Tisch und Bänke,
zu jeder Nacht- und Tageszeit,
sie überfielen Küchenschränke
und machten sich in Betten breit.

b

Da kam doch durch die Fischerpforten
an der Forellenräucherei
ein Kerl in einem Wams mit Borten
und einem roten Hut vorbei.

c

Und dieser fremde Flötenpfeifer,
der bunt gescheckte Wandersmann,
bot da sogleich mit großem Eifer
dem Stadtrat seine Hilfe an.

d

Nun, sicher kennt wohl jeder Leser,
der Märchen und der Sagen liest,
auch die von **Hameln** an der Weser,
dem schönen Fluss, der es durchfließt.

13 FRAU HOLLE

a
Die Kleine musst das Häuschen putzen,
vom Keller unten bis zum Dach,
die Küche, Stube und die Butzen,
war sie auch müde schon und schwach.

b
„Ach, lass uns hier doch nicht verkohlen,
wir sind schon kross und innen gar,
du musst uns aus dem Ofen holen,
jetzt schmecken wir doch wunderbar!“

c
So schüttelte sie gleich beflissen,
mit Augenmaß und mit Bedacht
und großer Lust die weichen Kissen
zu einer weißen Winterpracht!

d
Frau Holle sprach: „Hier, nimm die
Daunen
und lass sie tanzen mit dem Wind,
denn alle Menschen sollen staunen,
wenn unsre Schneezeit nun beginnt.

14 DAS TAPFERE SCHNEIDERLEIN

a

Und tief in seiner Wandertasche
erholte sich das Spätzchen schnell.
Ein Schluck noch aus der Wasserflasche,
und weiter walzte der Gesell!

b

„Kauft meine frische Marmelade,
herbei, herbei, ihr guten Leut,
auch Zwetschgenmus verkauf ich grade,
nie war es leckerer als heut!“

c

Zwar konnte er nur ängstlich beben
bei jedem gnadenlosen Stoß,
doch blieb er still und so am Leben.
Der Riese war ganz ahnungslos.

d

Der **tapf’re Schneider** blieb im Schlosse,
erklomm dann später gar den Thron,
der wunderliche Zeitgenosse.
Ja, listig war der Schneider schon!

15 DER FISCHER UND SEINE FRAU

a
So ging es schon fast vierzehn Tage,
da saß er einsam, saß und saß
und wartete ganz ohne Klage
und voll Geduld auf irgendwas.

b
„Ja, du bist wirklich zu bescheiden,
dies Häuschen ist doch viel zu klein,
das alles kann ich nicht mehr leiden,
ich wollt, ein Schlösschen wäre mein!“

c
Da ging der Fischer voller Bangen
und voller Zweifel an das Meer,
der Wunsch der Frau und ihr Verlangen
behagten diesem Mann nicht sehr.

d
„Ach, Mantje, Mantje, Timpe Te,
ach, Buttje, Buttje in der See,
ach, mine Fru, de Ilsebill,
die will nich so, as ik wol will!“

16 RAPUNZEL

a
Das war so bös und furchterregend,
so wagte keiner sich dahin,
es wussten alle in der Gegend
vom Gift der bösen Zauberin.

b
Der Arme tat, wie ihm befohlen.
Und als sein Weib an Wehen litt,
erschien die Hex auf leisen Sohlen
und nahm das kleine Mädchen mit.

c
Drauf öffnete die Fensterriegel
das Mädchen, und ihr Lockenhaar
sank golden über Mauerziegel,
bis es dann endlich unten war.

d
Der Vater hatte unvorsichtig
sie für Rapunzeln doch verkauft,
Rapunzel wurd sie folgerichtig
von ihrer Ziehmutter getauft.

17 BRÜDERCHEN UND SCHWESTERCHEN

a

Da wanderten sie viele Stunden
bei Sonnenschein und Sturmgebraus,
die Heimat war schon bald entschwunden,
und weit war weg ihr Vaterhaus.

b

Und wieder fand er eine Quelle,
die frisch und silberblinkend rann,
und wollte glücklich auf der Stelle
sich laben und erfrischen dran.

c

Und gleich wurd aus dem armen Kleinen
ein zartes, scheues, braunes Reh,
da fing die Schwester an zu weinen
und jammerte: „Oh Leid, oh Weh!“

d

Und eines Tags, beim Schweinetreiben,
sprach **Brüderchen** zum **Schwesterlein**:
„Hier sollten wir nicht länger bleiben,
hier ist nur Not jahraus, jahrein!“

18 DIE DREI BRÜDER

a
Ein Vater hatte einst drei Jungen,
sie sahen groß und tüchtig aus,
doch wohnten alle notgedrungen
bei ihm in seinem alten Haus.

b
„Doch der nur wird mein Haus bekommen,
der mir ein Kunststück hier vollbringt!
Jetzt habt ihr meinen Wunsch vernommen!
Ich hoffe, dass es euch gelingt!“

c
Ein jeder fand sich eine Stelle
auf dem gewünschten Fachgebiet
und wurd ein fähiger Geselle,
beim Fechter, beim Barbier und Schmied.

d
Die **Brüder** waren einverstanden,
sie blieben aber wohnen dort,
sie meinten, es war Platz vorhanden
für alle **drei** an diesem Ort.

19 DER HASE UND DER IGEL

a
Und wie der Buchweizen schön blühte
mit seinem lieblich herben Duft!
Und wie die Sonne golden glühte
und wärmte die Septemberluft!

b
Jetzt hörst du, was dort einst geschehen,
im Norden, bei dem Alten Land,
warum die Stadt, du wirst es sehen,
zu Recht berühmt ist und bekannt.

c
Da kam der Hase ihm entgegen,
ein großes, arrogantes Tier,
das fühlte sich ihm überlegen,
war's doch das größte im Revier.

d
Der Hase raste immer weiter,
stets hörte doch das arme Tier
den **Igel** rufen, frisch und heiter:
„Ach armer Hase, bin schon hier!“

20 DIE DREI SPINNERINNEN

a
Die Mutter wollt nichts mehr erklären,
denn ihre Lüge wog zu schwer,
sie ließ die Königin gewähren
und gab die faule Tochter her.

b
„Drei Kammern sind hier vollgeschichtet,
doch mit Geschick und Lust und Fleiß
hast du die Arbeit bald verrichtet,
und du erhältst dann deinen Preis."

c
Entmutigt blickte sie durchs Fenster
und sah **drei** Weiber nah am Haus,
sie waren hässlich wie Gespenster,
dass es sie schüttelte vor Graus.

d
Da sprach zur Braut der Prinz mit Grauen:
„Ans **Spinnrad** setzt du dich nie mehr,
du schönste aller schönen Frauen,
fällt der Verzicht dir noch so schwer!"

21 DER GESTIEFELTE KATER

a
Dann stand der Jüngling auf der Weide,
so vornehm, edel und so prächtig,
schön angetan in Samt und Seide,
er fühlte sich ganz stolz und mächtig!

b
Und dieser Hexer, der dort hauste,
war immer voller List und Tücke,
so dass es allen Leuten grauste
vor einem seiner Zauberstücke!

c
So wollt er gleich mit diesem Armen
zum alten Kürschner sich begeben
und ihm den Kater ohn Erbarmen
als Tierbalg überlassen eben.

d
Er ging zum Schustereibesitzer,
um rote **Stiefel** dort kaufen.
Und schon konnt unser **Kater**flitzer
so schnell wie tausend Wiesel laufen!

22 DER FROSCHKÖNIG

a

Da starrte sie ins schwarze Nass,
und sie durchfuhr ein wilder Schrecken,
und ihre Wangen wurden blass,
denn unten konnt sie nichts entdecken.

b

„Prinzessin, liebe, ich bin hier!
Hast du mich etwa ganz vergessen?
Ab jetzt darf ich doch stets bei dir
im Schlosse sein und mit dir essen!"

c

Sie griff nach ihm mit bloßer Hand,
trotz Ekel und trotz Unbehagen,
und warf ihn heftig an die Wand,
um so ihn endlich totzuschlagen.

d

Der Königstochter wurd es bang.
Was war sie stolz und ichbezogen
und hatte voller Überschwang
den armen **Frosch** bewusst betrogen!

23 ASCHENPUTTEL

a
Und diese neue Gattin brachte
zwei Mädchen in den Haushalt mit,
sein Töchterchen, wie er sich dachte,
würd sicher froher sein zu dritt.

b
Ganz glücklich nahm sie ihn entgegen,
den schönen, grünen Haselstab,
den wollt sie liebevoll nun pflegen
und pflanzte ihn auf Mutters Grab.

c
Dann kamen noch die Turteltauben
und viele andre Vögelein,
und eins, zwei, drei, ihr könnt‘s mir
glauben,
da fanden sich wohl hundert ein.

d
So sprach die Frau mit Händeringen,
der Königssohn jedoch befahl,
dies **Aschenputtel** gleich zu bringen,
die Kleidung sei ihm ganz egal.

24 HÄNSEL UND GRETEL

a
Am Mittag kam ein Vögelein,
und tirilierte schöne Lieder
und flog dann in die Welt hinein
und setzte auf ein Haus sich nieder.

b
Hier lebten in dem Holzverhau,
in einer winzig kleinen Stübchen,
ein Köhler mit der zweiten Frau,
sein kleines Mädchen und sein Bübchen.

c
Das kleine Haus war aus Lakritz,
aus Bonbons und aus Schokolade,
der Giebel war sehr hoch und spitz,
geklebt mit Himbeermarmelade.

d
Und nun verlor sie keine Zeit,
die **Gretel** nahm sogleich den Hammer,
und **Hänsel** war im Nu befreit
aus seiner engen Folterkammer.

25 DIE GOLDENE GANS

a

„Würd ich dir meinen Kuchen geben
und gäbe ich dir meinen Wein,
hätt ich dann nichts für Leib und Leben,
da müsst ich dumm und töricht sein!“

b

Der Dummling schritt ganz ohne Sorgen
auf seinem Wege schnell voran
und traf an diesem schönen Morgen
auf einen armen, alten Mann.

c

In Gold erstrahlte jede Feder,
vom Kopf hinunter bis zum Bein!
So etwas findet ja nicht jeder,
da muss man wohl ein Dummling sein!

d

„Da, seht nur, der verrückte Junge
mit seiner **Goldgans** in dem Arm!
Er setzt grad an zu einem Sprunge,
und schon folgt ihm der ganze Schwarm!“

26 DAS WALDHAUS

a
Der Mann ging fort, und treuergeben
verstreute er, wohin er trat,
die Hirse und markierte eben
auf diese Weise seinen Pfad.

b
Die Tiere aber blieben ruhen,
ganz hungrig noch, auf ihrer Streu,
mit leisem Gackern nur und Muhen
verlangten sie nach Korn und Heu.

c
Da sprach der alte Mann: „Schön
Hähnchen,
schön Hühnchen und du schöne Kuh,
die ihr da liegt auf Hobelspänchen,
was sagt ihr Tierchen denn dazu?"

d
Verhext war ich, allein zu leben
in einem kleinen **Haus im Wald,**
nur die drei Diener, treu ergeben,
verblieben mir in Tiergestalt.

27 STERNTALER

a
Die Mutter war schon längst verschieden,
und auch der Vater war jetzt tot,
sie ruhten beide wohl in Frieden,
doch sie war nun in großer Not.

b
Und ihre allerletzte Habe
war das, was sie noch trug am Leib,
und ein Stück Brot, das sie als Gabe
bekam von einem guten Weib.

c
So schenkte sie im tiefen Haine
ihr letztes Hemd dem armen Kind,
und nackt und bloß stand jetzt die Kleine
im Dunkeln und im kalten Wind.

d
Und als die **Sterne** dann am Ende
als **Taler** sanken sanft auf sie,
da öffnete sie Herz und Hände
und fiel glückselig auf die Knie.

28 JORINDE UND JORINGEL

a

Denn kam ein Mensch rund hundert
Schritte
dem unheimlichen Schloss zu nah,
erstarrten gleichsam seine Tritte,
und er stand unbeweglich da.

b

Es waren an die siebentausend,
die diese Hexe schon besaß,
in engen Käfigkörben hausend,
statt frei zu hüpfen durch das Gras.

c

Er träumte einmal mitternächtig,
er fänd ein rotes Blümlein gar,
in dessen Mitte schön und prächtig
und glänzend eine Perle war.

d

Und unter einer schönen Linde,
direkt am Schloss beim Festungswall,
sah jäh **Joringel**, wie **Jorinde**
sich wandelte zur Nachtigall.

MÄRCHENBALLADEN

von

Klaudia Diekmann

Aus der Reihe

MEINE STADTSAGE

als E-Book und Printbook im BOD-Verlag

NACH HAMELN KAM EIN RATTENFÄNGER
ISBN 9783837051810
IN BUXTEHUDE LIEF EIN IGEL
ISBN 9783837036220
NACH BREMEN ZOGEN MUSIKANTEN
ISBN 9783837036787
DURCH WINSEN ZOG ER MIT DER GOLDGANS
ISBN 9783842341012

Aus der Reihe

MEIN MÄRCHENQUIZ

(als E-Book bei Amazon Kindle und Printbook bei CreateSpace)

WELCHES MÄRCHEN IST DAS?
Band 1
ISBN 978-1496080509

UND WELCHES MÄRCHEN IST DAS?
Band 2
ISBN 9781511920148

Aus der Reihe

MEINE MÄRCHENWOCHE

(als E-Book und Printbook im BOD-Verlag)

Meine Märchenwoche Band 1
König Drosselbart
Schneewittchen
Der Wolf und die sieben Geißlein
Tischleindeckdich
Die Bremer Stadtmusikanten
Schneeweißchen und Rosenrot
Hans im Glück
ISBN 978-3842345812

Meine Märchenwoche Band 2
Rumpelstilzchen
Dornröschen
Rotkäppchen
Die drei Federn
Der Rattenfänger von Hameln
Frau Holle
Das tapfere Schneiderlein
ISBN 978-3842372443

Meine Märchenwoche Band 3
Der Fischer und seine Frau
Rapunzel
Brüderchen und Schwesterchen
Die drei Brüder
Der Hase und der Igel
Die drei Spinnerinnen
Der gestiefelte Kater
ISBN 978-3842327450

Meine Märchenwoche Band 4
Der Froschkönig
Aschenputtel
Hänsel und Gretel
Die goldene Gans
Das Waldhaus
Sterntaler
Jorinde und Joringel
ISBN 978-373224967

Aus der Reihe

REIME AUS DEM MÄRCHENWALD

(Einzelne Märchen
als E-Book bei Amazon Kindle
und Printbook bei CreateSpace)

Brüderchen und Schwesterchen
ISBN 978-1497506343

Das Waldhaus
ISBN 978-1497506336

Der Wolf und die sieben Geißlein
ISBN 978-1497394407

Frau Holle
ISBN 9781497506367

Hänsel und Gretel
ISBN 978-1497506398

Rotkäppchen
ISBN 9781497506275

Rumpelstilzchen
ISBN 978-1497506466

Sterntaler
ISBN 9781497506442

Fundevogel
ISBN 978-1500950590

Aus der Reihe
EIN PRINZ WIRD KOMMEN

(Einzelne Märchen
als E-Book bei Amazon Kindle
und Printbook bei CreateSpace)

Schneewittchen
ISBN 978-1495473890

Dornröschen
ISBN 978-1495418044

Rapunzel
ISBN 978-1495487460

Aschenputtel
ISBN 978-1495487484

Schneeweißchen und Rosenrot
ISBN 978-1495903229

Der Froschkönig
ISBN 978-1496033673

König Drosselbart
ISBN 978-1496034199

Die drei Spinnerinnen
ISBN 978-1496074348

Die Gänsemagd
ISBN 978-1502476821

Aus der Reihe
JUNGEN ZIEHEN IN DIE WELT

(Einzelne Märchen
als E-Book bei Amazon Kindle
und Printbook bei CreateSpace

Hans im Glück
ISBN 978-1496050816

Das tapfere Schneiderlein
ISBN 978-1496050878

Der gestiefelte Kater
ISBN 978-1496050885

Tischlein deck dich
ISBN 978-1496050854

Die drei Federn
ISBN 978-1496050908

Jorinde und Joringel
ISBN 978-1496050915

Die drei Brüder
ISBN 978-1496050939

Die Bienenkönigin
ISBN 978-1505295764

Die Kristallkugel
ISBN 978-1592324429

Kontakt:
klaudiadiekmann@gmx.de

Besuchen sie auch meine Homepage:
www.maerchenballaden.de

K

* * *

D

26927234R00045

Printed in Poland
by Amazon Fulfillment
Poland Sp. z o.o., Wrocław